L'envol du dragon

Mini Syros Soon

Une collection dirigée par Denis Guiot

Couverture illustrée
par Stéphanie Hans

ISBN : 978-2-74-851067-6

L'envol du dragon

Jeanne-A Debats

MiNi SYROS

Chapitre 1

– Tu ne devrais pas rester tout le temps dans ton jeu vidéo, Valentin ! Ce serait mieux de t'intéresser à la vraie vie et aux vraies gens ! dit mademoiselle Juliette, la nouvelle et jolie infirmière, en retirant l'aiguille de mon bras.

Je me suis déconnecté et j'ai dit bonjour quand elle est entrée dans la pièce mais, là, je ne réponds pas. Elle boude un peu, tant pis. Il ne faut pas m'en vouloir si je ne cherche pas à faire de nouvelles connaissances. Je n'ai pas beaucoup de temps, or il en faut pour s'attacher aux gens.

Elle me retourne sur le côté pour me faire la toilette. Elle utilise un nouveau savon, un savon « pour fille », et son parfum trop fleuri, jasmin et violette, me fait froncer le nez. Je suis au bord de l'asphyxie, surtout quand celui de mademoiselle Juliette s'y rajoute. Pour l'oublier, je promène mon regard le long des murs de ma chambre.

Le magnifique poster du *Millenium Condor*, le navire de Han Solo dans *Star Wars*, trône en bonne place au-dessus de mon lit. C'est mon père qui me l'avait rapporté des États-Unis en même temps que la flopée de navettes spatiales miniatures qui colonisent mes étagères. Au plafond pendouille tristement ma collection d'avions de tous les genres que j'ai montés tout seul. Mon coffre à jouets est fermé, il garde mes vieux trésors : nounours borgnes, voitures brisées, mes figurines de monstres, et, quelque part, tout au fond, mes hélicoptères et mes vaisseaux spatiaux. Tout est nickel, propre, rangé. Mon père veille au grain, au moindre grain de poussière même. Cette chambre étincelle. Elle empeste l'eau de Javel. Elle n'a jamais été comme ça « de mon temps ».

Je suis content que l'hôpital ait fini par décider de me renvoyer chez moi après l'échec de mon dernier traitement contre le cancer. J'ai grandi ici. Pas longtemps. Neuf années à peine. Les docteurs me donnent trois mois, alors je ne grandirai guère plus. On dirait même que je rétrécis : je flotte dans un pyjama qui m'allait comme un gant, il y a un an.

– Il faut manger, Valentin ! Essaie d'avaler quelque chose de solide !!

Je refuse du menton la petite cuiller pleine de nourriture. Les médicaments me donnent la nausée. Elle insiste. Elle tient vraiment à ce que je vomisse l'ignoble purée verdâtre sur son bel uniforme rose ? Ça, je me contente de le penser, je ne le dis pas. Ce n'est pas parce que je vais bientôt mourir que je dois être impoli. Mon père serait d'accord avec moi.

J'entends le bruit de son clavier là-haut, dans son bureau, au-dessus de ma tête. Je l'appellerais bien pour qu'il explique à mademoiselle Juliette que ce n'est plus la peine de veiller à mon équilibre alimentaire. Mais Papa a pris tellement de retard sur son roman en cours que je décide de ne pas le déranger.

Alors, pour que l'infirmière ne lise pas la révolte dans mon regard, je détourne les yeux et, sous la couverture, mon doigt presse le bouton de connexion… La puce d'interface à la base de ma nuque me chatouille un peu, puis, d'un seul coup, les murs et les draps disparaissent, mon corps rabougri devient léger comme une plume…

Chapitre 2

http://www.WorldOfDragons.org
Val6 – 12/01/2027 ; 06.05 pm – Connexion réussie.

… mes ailes s'ouvrent et claquent. Je m'avance sur le tremplin. Le vent chargé d'embruns salés s'engouffre sous les bords d'attaque. Ma gueule ouverte, plantée de crocs étincelants, semble prête à gober les éclairs jaillis des nuages d'un noir d'encre, et je fais face à la tempête au-dessus des vagues.

Je ris tandis que la foudre fait rutiler mes écailles émeraude.

– Concentre-toi, Val6 !

Mentor7 vient à peine de prononcer ces mots de sa voix grondante qu'une bourrasque rabat mes membranes dans le gouffre et me retrousse comme un parapluie. Je tombe en vrille vers l'océan lie-de-vin tandis que les mouettes se payent ma tête.

Le vieux dragon replie ses ailes et fonce en piqué ; il me rattrape dans ses serres juste avant que je ne touche l'eau. Pendant qu'il me ramène à l'aire d'envol, je l'entends bougonner. Il me lâche sur le roc de décollage.

– Tu n'es pas à ce que tu fais, petit, grommelle-t-il.

Mentor7 ne me gronde jamais vraiment. Le Wyrm[1] *phénoménal couleur*

---

1. Nom médiéval des dragons. Ici, il faut comprendre

d'ivoire me regarde gentiment et je me vois dans ses yeux à facettes : un tout petit dragon vert de niveau 3. Lui, il est de niveau 150 ! Je ne monterai jamais aussi haut, lui et moi nous le savons, mais il m'a promis une chose : j'aurai le temps d'apprendre à voler, avant que…

– Je ferai plus attention la prochaine fois, Mentor7, je te le jure.

– Ce n'est pas à moi qu'il faut le jurer, mais à toi : si tu te blesses maintenant dans le Jeu, tu ne pourras plus essayer de décoller avant un moment…

Je n'ai pas besoin qu'il en dise plus. Il a raison. S'il arrive quoi que ce soit à mon avatar de dragon, il sera cloué au sol le temps de sa guérison virtuelle. Du

---

que Mentor7 est un très vieux dragon ou un Joueur de niveau élevé.

coup, quand je récupérerai mes points de santé, eh bien, il sera peut-être trop tard…

Déconnexion…

Chapitre 3

Les murs beiges de ma chambre se dessinent en surimpression sur l'image colorée de l'océan. Ils deviennent plus nets, puis les vagues disparaissent tout à fait. Je suis à nouveau dans mon lit. Ça schlingue le jasmin. J'ai mal. L'infirmière est toujours là :

– Ce n'est pas sérieux, Valentin, tu es trop souvent connecté, tu vas te fatiguer !

Ce qui me fatigue, c'est d'avoir mal tout le temps. Ma maladie me dévore à petit feu mauvais et il n'y a plus rien pour l'éteindre. C'est pour cela que les docteurs m'ont renvoyé à la maison.

Mais personne, à part mon père, ne veut comprendre que lorsque je suis *online*, je ne sens plus mon corps, ni la douleur. Mon cerveau « croit » réellement que je suis un jeune dragon plein de vitalité qui apprend à voler. La puce de connexion que je porte à la base du crâne m'immerge totalement dans le Jeu, j'ai l'impression d'y être vraiment. Normalement, seuls les adultes ont le droit de s'en faire poser, mais peu après ma sortie de l'hôpital, mon père a fait des pieds et des mains pour m'obtenir une dérogation.

C'est génial. Je peux me promener partout dans le Jeu, rencontrer d'autres Joueurs. Je crois qu'on est des milliers à s'y connecter chaque jour.

Dans le Jeu, je ne crains que les Paladins – des Joueurs qui, eux, ont choisi de chasser les dragons – mais je ne risque guère d'en croiser à mon niveau. Évidemment, comme me l'a rappelé Mentor7 tout à l'heure, je n'ai pas intérêt à me blesser tout seul. Ça ralentirait ma progression vers la seule chose que j'aie désirée depuis que je suis rentré à la maison et que j'ai débuté dans le Jeu : voler, libre, insouciant, au-dessus de la Mer des Vents Impétueux.

– Valentin, tu ne m'écoutes pas ! Je vais devoir couper ton accès !

– Non !

J'ai presque crié. L'infirmière me fait un sourire peiné.

– Tu sais, la vraie vie, c'est tout de même mieux que tous ces trucs virtuels.

Quelle « vraie vie » ? Je n'ai pas discuté en *live* avec un copain depuis plus d'un an. Mes anciens amis de l'école n'avaient pas le droit de me rendre visite à l'hôpital, on n'y accepte pas les enfants trop jeunes. À cause de la chimiothérapie qui bousillait mes défenses immunitaires, ils risquaient de me transmettre un rhume banal qui pour moi aurait été mortel. Je ne sais même pas s'ils sont au courant que je suis sorti. Ils m'ont sans doute oublié, depuis le temps que je suis malade. Ils ne me mailent même plus, et je n'ai pas envie de les relancer. À quoi bon ?

À mon retour à la maison, mon père a insisté pour en inviter un ou deux. Il m'a dit :

– Tu sais, les amis, c'est le sel de la vie.

Mais j'ai refusé. Je ne veux pas voir la pitié ou la peine dans leurs yeux. Il a compris tout de suite et c'est à ce moment qu'il a commencé à remplir les formulaires pour la petite opération d'implantation de la puce de connexion. Ça ne m'a pas fait plus mal que de me faire percer les oreilles.

– S'il vous plaît, mademoiselle, balbutié-je humblement. Ne me coupez pas mon accès, je m'ennuie sinon.

Elle hoche la tête :

– D'accord, mais une heure, pas plus. Après nous parlons ou nous jouons à un jeu de société, marché conclu ?

J'acquiesce en fermant les yeux. Je ne l'entends pas sortir, j'ai déjà appuyé sur le bouton de connexion.

Chapitre 4

http://www.WorldOfDragons.org
Val6 – 28/03/2027 ; 08.45 am – Connexion réussie.

Mentor7 rugit. Ses ailes immenses qui s'irisent au soleil levant battent dans son dos avec fureur. Les serres fermement plantées dans la prairie d'un vert profond, il ne cherche pas à décoller, seulement à déplacer le plus d'air possible. Ça fait comme une mini-tempête. En face de nous, les chevaux caparaçonnés d'or et d'argent des Paladins tentent désespérément de résister aux rafales. Les Paladins s'efforcent de tenir droites leurs lances auxquelles pendent les rubans multicolores de leurs Dames. Moi, je me cache derrière la grosse queue hérissée d'écailles acérées de Mentor7. Je suis presque aussi gros qu'un cheval, mais pas assez pour me battre contre une demi-douzaine de chevaliers en armure.

Ils n'ont rien à faire ici, sur l'aire d'éclosion où les dragons cachent leurs œufs dans lesquels apparaissent les nouveaux Joueurs. Ça doit être un bug. En attendant, ils sont bien là et ils veulent se battre. Ils ne cherchent pas réellement à avoir Mentor7, il est très fort et il leur fait peur. Mais moi je suis juste à leur taille. Abattre un jeune dragon, voilà qui augmenterait leurs points d'expérience. Ils pourraient même gagner un niveau d'un coup. Alors, ils s'obstinent.

– Val6, tu devrais te déconnecter! gronde sourdement Mentor7. Tant qu'ils n'ont pas vraiment attaqué, le Jeu ne te forcera pas à attendre la prochaine sauvegarde. Ne t'inquiète pas, je m'occupe d'eux!

Mentor7, c'est le seul ami que j'ai depuis que je suis rentré de l'hôpital. Je l'ai rencontré dans le Jeu. C'est lui qui m'a abordé dès que je me suis connecté. Je ne connais pas son vrai nom, il ignore le mien, mais il s'occupe de moi comme un grand frère. Il a guidé mes premiers pas de dragonnet, m'apprenant la chasse au lapin, puis au sanglier et bientôt le vol, puisque désormais mes ailes sont assez grandes.

Je me décale un peu sur la gauche et je viens me poster à la hauteur de son poitrail plus vaste qu'un autobus. Je me prépare à cracher de belles et mortelles flammes orange sur ces saletés de Paladins.

– C'est idiot, Val6 ! bougonne Mentor7.

Les six Paladins abaissent leurs lances et commencent à charger...

Chapitre 5

Je refais surface dans ma chambre en haletant comme un poisson tiré de l'eau. La déconnexion a été brutale. Je me sens de plus en plus mal, de toute façon, ces derniers jours. Mademoiselle Juliette est penchée sur moi, mon boîtier de connexion Wi-Fi dans sa jolie petite main :

– Je suis désolée, Valentin, c'est ton père qui vient de m'ordonner de te déconnecter.

Son parfum m'environne comme un nuage de gaz de combat. Je sens mes yeux picoter. Je gémis intérieurement. Mon père ne peut pas avoir fait ça ! Et pourquoi, d'abord ? Non, ce doit être elle, cette trop gentille idiote, qui a décidé ça toute seule ! Elle s'assoit d'une fesse sur le bord de mon lit. Ça me secoue et c'est douloureux.

Et pendant ce temps, Mentor7 doit être en train de donner une leçon mémorable à ces fichus Paladins en se demandant pourquoi j'ai changé d'avis et décidé de quitter le Jeu. Pourvu qu'il ne m'en veuille pas !

– Alors, Valentin, tu apprends de belles choses dans ton monde virtuel ?

D'accord, j'ai promis de lui parler un peu, pourtant je suis tellement fatigué… Alors je hoche la tête :

– Oui, j'apprends la chasse, je sais tout sur les lapins et la façon de les piéger.

– Oh, quelle horreur, Valentin ! Pourquoi chasser ces gentilles petites bêtes ?

Je la regarde, éberlué. Eh bien oui, les vrais lapins sont gentils, mais je ne fais que chasser des pixels, des petits programmes inclus dans un autre. Qu'est-ce qu'elle croit ? Que je ne sais pas faire la différence ? Elle insiste, soupçonneuse :

– Et quand tu les as attrapés, tes lapins, tu en fais quoi ?

Oh, là, là ! La réponse ne va pas lui plaire du tout. J'avoue du bout des lèvres :

– Ben, mon avatar de dragon les mange…

Et devant son air scandalisé, j'ajoute dans un souffle :

– Mais il en a besoin pour grandir dans le Jeu ! Sinon, il resterait tout petit !

Elle se relève, mécontente, et me lance avant de sortir :

– Oui, eh bien, je vais dire à ton père ce que j'en pense, moi, de ton Jeu ! Alors qu'il y a tant de programmes éducatifs intéressants sur le Net !

Épuisé, je me laisse aller sur mes oreillers. Je ne réponds pas. Ça ne vaut pas la peine de lui expliquer que des programmes éducatifs, j'en fréquente aussi tous les jours. Mon père et moi nous sommes tombés d'accord là-dessus.

– Apprendre quelque chose n'est jamais inutile, m'a-t-il dit.

Et quand j'ai répliqué :

– Essayer de réaliser son rêve, non plus !

... il a souri bizarrement, les yeux très brillants tout à coup, et il a murmuré en caressant mon front :

– Tu as raison, Valentin !

C'est lui qui m'a donné l'adresse du Jeu.

Mademoiselle Juliette se penche à nouveau vers moi et me tâte le front :

– On va appeler le docteur, murmure-t-elle d'un ton préoccupé et elle quitte la chambre.

Elle a oublié de me rendre mon boîtier. Elle l'a posé sur la tour d'ordinateur à trois mètres de moi. Je suis beaucoup trop faible pour sortir de mon lit et aller le chercher. Ma fièvre est en train de monter. Je pourrais appuyer sur la sonnette qui me relie au bureau de mon père, mais je sais qu'il se déconcentre si je l'appelle à tout bout de champ quand il écrit ou fait des recherches sur le Net. Alors, je rêve à Mentor7, en attendant que mon père vienne me voir…

Chapitre 6

http://www.WorldOfDragons.org
Val6 – 29/03/2027 ; 10.45 am – Connexion réussie.

J'assure mes griffes sur la pierre luisante d'humidité. L'onyx noir est plus glissant qu'une savonnette sous mes écailles. Le nid de Mentor7 est creusé tout en haut du Pic d'Enfer qui se dresse droit comme un phare et plonge vertigineusement dans la mer. En bas, de monstrueuses vagues de saphir s'abattent sur les récifs en gerbes d'une écume si dense qu'on dirait de la crème.

Mentor7 s'est réfugié là-haut après le combat. Je suis sûr qu'il a gagné parce que j'ai trouvé les cadavres des six Paladins. Mais je sais également qu'il est blessé : son sang doré maculait tout le champ de bataille. J'espère que ce n'est pas trop grave. Les autres dragons m'ont dit que ça fait vingt-quatre heures qu'il n'a pas reparu.

En tout cas, je n'en peux plus de l'attendre, j'ai décidé de monter le voir…

Soudain, mes serres ripent sur l'une des arêtes vives de la roche. Je glisse. Je tente désespérément de me rattraper mais je ne trouve aucune prise. Je tombe en m'arrachant la peau du ventre sur les aspérités. Je me mords les babines pour ne pas hurler, ça fait un mal de chien. Mon sang argenté dessine de longues traînées sur l'à-pic.

Dix mètres plus bas, je parviens à agripper un jeune chêne-liège souple qui a poussé dans une fissure. Il supporte mon poids quelques secondes. Je me balance au-dessus du vide comme un gros lampion vert et ridicule. Je rentre la tête entre mes épaules en entendant les craquements des racines qui cèdent une par une. Le petit arbre semble s'ébrouer comme un cheval avant de me lâcher droit dans le gouffre.

Je tombe en hurlant de désespoir. Cette fois, c'est fini. Mon avatar ne sera plus que bouillie sanglante dans deux ou trois secondes. Il me faudrait des mois pour le ramener au bon niveau.

Au dernier moment, alors que je vais m'engloutir dans les flots, une ombre immense occulte le soleil. Les serres de Mentor7 crochent dans mes épaules.

– Ça, c'était vraiment stupide !

Il ne bougonne pas, cette fois, il gueule carrément, nous remontant tous les deux non sans peine vers son nid. L'atterrissage est catastrophique : nous boulons sur l'aire avec la lourdeur de deux sacs de sable. Piteux, je contemple ses ailes déchirées par les lances des Paladins. Il a dû souffrir le martyre pendant toute la remontée. Une honte brûlante fait bouillir mes entrailles tandis que je balbutie :

– Je voulais juste avoir de tes nouvelles !

Chapitre 7

J'ai chaud dans mon lit. Tous mes muscles me font mal. La douleur est insoutenable. La fièvre grimpe à l'assaut de mon cerveau. Je tente de garder l'esprit clair, malgré le brouillard rouge qui envahit toute ma chambre. Je perçois la présence de mademoiselle Juliette à cause de son fichu parfum. Le docteur est arrivé. Ils parlent avec mon père mais je ne comprends pas tout ce qu'ils disent :

– C'est la fin, chuchote le docteur.

– On devrait lui enlever des mains son boîtier de connexion, au cas où il reprendrait conscience, suggère l'infirmière.

Je sens un grand mouvement d'air. C'est mon père qui s'agite :

– Pas question ! gronde-t-il. Là, il n'est pas connecté. Mais s'il se réveille, il ira dans le Jeu et, tant qu'il y sera, il ne souffrira pas…

– Vous ne voulez pas lui dire adieu ? s'insurge l'infirmière.

Il y a un silence.

– Sortez tous les deux !! hurle mon père. Laissez-nous !

Je crois que les deux autres protestent, alors il les met dehors.

Je sens sa main fraîche sur mon front :

– Je t'aime, Valentin, chuchote-t-il d'une voix chavirée.

Je voudrais lui répondre mais je ne peux pas, je n'ai pas la force, ma langue pèse trois tonnes dans ma bouche sèche. C'est lui qui me connecte.

Chapitre 8

http://www.WorldOfDragons.org
Val6 – 30/03/2027 ; 12.00 pm – Connexion réussie.

– Je suis sûr que tu vas y arriver, cette fois, me dit Mentor7 qui lèche ses blessures au fond de son nid. Et puisque tu es là, profitons-en.

Je secoue mes ailes luisantes dans l'air vif et salé. J'inspire à pleins poumons le vent venu du large. Jamais nous n'avons eu une telle conjonction météorologique : sur la Mer des Vents Impétueux, il fait rarement beau et les rafales sont imprévisibles, la plupart du temps. Aujourd'hui brille un soleil radieux et le suroît n'est ni trop doux ni trop fort.

Depuis le tremplin de Mentor7, j'aperçois très loin les Îles Noires où les Joueurs Alchimistes conduisent leurs expériences. Si tout se passe bien, je pourrai peut-être aller jusque là-bas et admirer d'en haut les couleurs étranges des fumées et des explosions jaillies de leurs laboratoires. Des dragons volent dans le ciel. Nous sommes à un bon kilomètre du niveau de la mer, le pic est vraiment très haut. Mentor7 est persuadé que cela m'aidera à décoller. Bien mieux en tout cas que le petit plongeoir d'en bas, réservé aux débutants.

– Tu vas t'avancer et positionner tes ailes correctement. Normalement tu n'auras qu'un ou deux pas à faire…

Je hoche la tête sans répondre, mon cœur bat trop vite, ma respiration s'accélère. Je n'ai pas vraiment peur, je ressens surtout de l'excitation. C'est un vrai miracle que Mentor7 soit parvenu à me rattraper la dernière fois. Il m'a averti : ses blessures ne lui permettront pas de réussir à nouveau cet exploit. Mais je n'en ai cure, les conditions sont idéales… maintenant !

J'étends mes ailes largement. Le vent s'y engouffre et fait gonfler mes membranes. Elles claquent avec un bruit sec qui ressemble à un cri. Je cale les bords d'attaque à l'horizontale, à peine penchés vers l'avant, pour offrir le maximum de portance à l'air. Et je m'élance… Un pas… Je ne sens plus mon poids, mais mes griffes touchent encore la roche. Un autre pas…

Au dernier moment, j'ai fermé les yeux, très brièvement. Je n'ai pas vu le rebord se dérober sous mes pattes et d'un coup je me retrouve en plein vol. Entre l'azur étincelant du ciel constellé de nuages semblables à de la chantilly et l'émeraude des vagues ourlées de la nacre des embruns.

– Tu voles, Val6 ! Tu voles ! clame Mentor7.

Je lance un long mugissement de victoire, et les autres dragons me répondent et m'accueillent. J'entends leurs cris de bienvenue, jaillis des airs où ils s'ébattent. Dans mon dos, Mentor7 claironne son enthousiasme, son grondement m'accompagne tandis que je vire sur l'aile dans un nuage où je m'engouffre avec la rapidité d'un faucon. Le bonheur éclate dans ma poitrine comme une étoile... Je vole tandis que tout devient blanc...

Le père de Valentin décoche avec lenteur toutes les options du Jeu dans son profil d'utilisateur Mentor7, les unes après les autres. Puis il clôture son compte et celui de Val6.

Définitivement.

Alors seulement, il pose la tête sur ses deux bras croisés et éclate en longs sanglots silencieux...

Du même auteur, aux éditions Syros

Pour les plus jeunes :

L'Enfant-satellite, coll. « Mini Syros Soon », 2010
(Prix littéraire de la citoyenneté 2010-2011)
Rana et le dauphin, coll. « Mini Syros Soon », 2012
Les voyageurs silencieux, coll. « Mini Syros +, Soon », 2016

Pour les plus grands :

ÉdeN en sursis, coll. « Soon », 2009
(Sélection du ministère de l'Éducation nationale)
La Ballade de Trash, coll. « Soon », 2010
(Prix Ados Midi-Pyrénées 2012)
Pixel noir, coll. « Soon », 2014

L'auteur

Professeur de lettres classiques, romancière, novelliste, correctrice, anthologiste, Jeanne-A Debats aimerait vivre sur Mercure ou sur Vénus, car les journées y sont beaucoup plus longues que sur Terre. Elle aurait ainsi le temps de se consacrer à toutes ses passions... Elle est notamment l'auteur de *La vieille Anglaise et le continent et autres récits* (éditions Folio SF), dont la novella titre obtiendra quatre prix littéraires, d'*ÉdeN en sursis* (collection « Soon », Syros, 2009) et de *La ballade de Trash* (collection « Soon », Syros, 2010), prix Ados Midi-Pyrénées 2012. Elle a, en outre, publié deux romans adultes, *Plaguers* (éditions L'Atalante, 2010), prix Bob Morane 2010, et *Métaphysique du Vampire* (éditions Ad Astra, 2012). Dernièrement, en 2013, elle a participé, pour les éditions Mnémos, à l'élaboration d'un roman graphique en collaboration, *Un an dans les airs*, qui relate une année alternative de la vie de Jules Verne.

Dans la collection
« Mini Syros Soon »

Le Très Grand Vaisseau
Ange

Le Très Grand Vaisseau a quitté la Terre il y a huit cents ans, en quête d'un monde meilleur. Les passagers se doutaient que le voyage serait long. Mais ils ne pensaient pas qu'il serait *si* long…

Toutes les vies de Benjamin
Ange

Alors qu'il visite avec sa classe le Centre de recherche sur les Univers parallèles, Benjamin pose sur sa tête un drôle de casque scintillant… En une matinée, il va vivre des dizaines et des dizaines de vies !

L'enfant-satellite
Jeanne-A Debats

Conçu pour la guerre, *SkyEye 001* a été placé à sa naissance dans un satellite espion. Un jour, il repère sur ses écrans une petite orpheline rescapée par miracle d'une attaque au laser.
(Prix littéraire de la citoyenneté 2010-2011)

L'envol du dragon
Jeanne-A Debats

Dès qu'il en a l'occasion, Valentin s'immerge dans le jeu vidéo *WorldOfDragons*. Il devient alors Val6, un jeune dragon qui apprend à voler. Dans ces moments-là, Valentin, qui est gravement malade, se sent vivant comme jamais… *(Prix Cherbourg-Octeville 2012)*

Opération « Maurice »
Claire Gratias

Alors qu'il s'apprête à commettre la plus grosse bêtise de sa vie, Noé voit un type étrange se matérialiser devant lui. Retour dans le futur ? Voyage dans le passé ? Et si on pouvait changer le cours des choses…
(Prix Salut les bouquins 2011)

Une porte sur demain
Claire Gratias

Les parents de Tina, qui se font du souci pour leur fille, l'envoient consulter le docteur Schmürz, un spécialiste aux méthodes ultramodernes. *Ultramodernes* en effet !

Libre (liste de l'Éducation nationale)
Nathalie Le Gendre

Les Terriens se sont installés sur la planète Hamada, dont le sol recèle une poudre bleue précieuse. Comme les autres enfants d'Hamada, la petite Amu travaille pour eux. Ce matin-là, elle est envoyée pour la première fois dans une famille terrienne…

Vivre
Nathalie Le Gendre

Les parents de Gabriel emmènent leur fils en mission d'exploration sur la Planète 8, où des extraterrestres ont été localisés. Sur cette planète fascinante, Gabriel va vivre une expérience qui changera tout pour lui.

À la poursuite des Humutes
Carina Rozenfeld

Les humains sont en guerre contre les Humutes, ces mutants que l'on reconnaît à la bosse qu'ils ont sur la nuque. Or le jeune Tommy sent depuis quelque temps une légère excroissance à l'arrière de son cou…
(Prix Dis-moi ton livre 2011)

Les aigles de pluie
Éric Simard

Tirdyk et Choden s'aiment d'un amour sauvage. Les deux enfants ont le pouvoir de s'unir en esprit à leur aigle et de transpercer les nuages pour faire tomber la pluie. Attaqués par les Kins, réussiront-ils à préserver leur liberté ?

L'enfaon (liste de l'Éducation nationale)
Éric Simard

Il y a un nouveau dans la classe de Leïla. Mais L'enfaon n'est pas un élève comme les autres, il vient du CHGM, le Centre des Humains Génétiquement Modifiés. *(Prix Livrentête 2011, prix Lire ici et là 2012, prix Dis-moi ton livre 2011, prix Passeurs de témoins 2012)*

Robot mais pas trop
Éric Simard

Adam vit dans une maison très sophistiquée. Mais certains appareils n'en font qu'à leur tête… Alors, quand le directeur de l'école s'invite à prendre le thé, c'est la panique !
(Prix Nord Isère 2011-2012)

Loi n° 49-956 du 16 juillet 1949
sur les publications destinées à la jeunesse,
modifiée par la loi n° 2011-525 du 17 mai 2011.

Mise en pages : DV Arts Graphiques à La Rochelle
N° d'éditeur : 10251783 – Dépôt légal : mars 2013
Achevé d'imprimer en février 2019 par l'Imprimerie Clerc
(18200, Saint-Amand-Montrond, France)

IMPRIM'VERT

FSC
www.fsc.org
MIXTE
Papier issu de
sources responsables
FSC® C022030